KB197109

글 스테파니 올리비에

스테파니 올리비에는 기자이자, 작가예요. 1994년부터 베이징에 살고 있으며 기록영화를 만드는 회사에서 일하고 있어요.
중국을 소개하는 여러 책을 쓰며 활발히 활동하고 있답니다.

그림 쑨 쉰유

쑨 쉰유는 고향인 타이완에 살고 있어요. 타이완의 미술 대학을 졸업하고, 캐나다와 미국에 머무르며 유럽 여러 곳을 여행 다녔어요.
그래픽 디자이너로 활동하다가 지금은 어린이들을 위한 책을 만드는 일을 하고 있어요. 2년 연속 타이완의 아동 문학상을 받았어요.

옮긴이 신연미

어린이책 출판사에서 어린이책을 만들었으며, 지금은 어린이책 작가 및 번역가로 일하고 있습니다.
옮긴 책으로는 〈넌 다리가 몇 개야?〉, 〈내가 이겼어!〉, 〈꼼짝 않기 대장 케빈〉, 〈잠자기 싫은 토끼〉,
〈엄마는 너를 정말 사랑하니까〉 등이 있습니다.

헬로 프렌즈

핑핑과 함께하는 베이징 이야기

글 스테파니 올리비에 | **그림 쑨 쉰유** | **옮긴이 신연미**
펴낸이 김희수 **펴낸곳** 도서출판 별똥별 **주소** 경기도 화성시 병점1로 218 씨네샤르망 B동 3층
고객 센터 080-201-7887(수신자부담) 031-221-7887 **홈페이지** www.beulddong.com **출판등록** 2009년 2월 4일 제465-2009-00005호
편집 · 디자인 꼬까신 **마케팅** 백나리, 김정희 **이미지 제공** 셔터스톡

ISBN 978-89-6383-694-2, 978-89-6383-682-9(세트), 2판 All rights reserved. Copyright ⓒ2014 by beulddongbeul

Ping Ping de Pékin by Stéphanie Ollivier and Sun Hsin-Yu
Copyright ⓒ 2014 by ABC MELODY Editions All rights reserved throughout the world
Korean Translation copyright ⓒ 2015 by Beulddongbeul, Korea
This Korean edition was published by arrangement with ABC MELODY Editions, France through Milkwood Agency, Korea

이 책의 한국어판 저작권은 밀크우드 에이전시를 통한 ABC MELODY Editions와의 독점 계약에 의하여 도서출판 별똥별에 있습니다.
신저작권법에 의하여 한국 내에서 보호를 받는 저작물이므로 무단 전재와 무단 복제를 금합니다.

ⓒ **도서출판 별똥별**
이 책은 저작권법에 따라 보호를 받는 저작물이므로 무단 전재와 무단 복제를 금합니다.
이 책 내용의 전부 또는 일부를 이용하려면 저작권자의 서면 동의를 받아야 합니다.
잘못된 책은 구입한 곳에서 바꾸어 드립니다.
1. 띄어쓰기는 국립국어원에서 펴낸 〈표준국어대사전〉을 기준으로 삼았습니다.
2. 외국 인명, 지명은 국립국어원의 〈외래어 표기 용례집〉을 따랐습니다. 단 저자의 의견에 따라 현지 발음에 가깝게 표기한 것도 있습니다.

핑핑과 함께하는 베이징 이야기

스테파니 올리비에 글 | 쑨 쉰유 그림

니 하오, 내 이름은 핑핑이야.
난 베이징에 살아.
나랑 같이 우리 가족과 친구들을
만나러 갈래?

별똥별

핑핑은 중국의 수도인 베이징에 살고 있어요.
핑핑은 '평화'라는 뜻이에요.
핑핑이 사는 베이징은 아주 큰 도시예요.
넓은 도로와 수많은 건물이 있고,
여기저기 자동차와 자전거와 사람들로 북적이지요.

8

천안문 광장이에요. 세계에서 가장 넓은 광장이지요.
천안문을 지나면 웅장한 자금성이 보여요.
자금성은 옛날 중국의 황제가 살던 궁궐로
약 9000개나 되는 방이 있어요. 정말 어마어마하지요?

10

핑핑이 가장 좋아하는 곳인 스차하이 호수예요.
겨울이 되어 스차하이 호수가 꽁꽁 얼면,
사람들은 썰매와 스케이트를 타요.
핑핑도 할아버지와 함께 썰매를 타며 즐거운 시간을 보내지요.
차가운 얼음 물에 들어가서 용기를 뽐내는 사람들도 있어요.
정말 대단하죠?

핑핑은 중국 전통 가옥에서
할아버지, 할머니, 아빠, 엄마와 함께 살고 있어요.
핑핑은 형제가 없어요. 중국의 인구가 너무 많아서
한때 나라에서 자녀를 한 명만 낳도록 정했기 때문이에요.
핑핑은 형제가 없지만 다정한 개, 지아가 있어
외롭지 않아요.

13

핑핑의 아빠는 택시 운전사예요.
베이징 여기저기를 다니며 열심히 일을 하지요.
핑핑의 엄마는 중국 최고의 약방인 '북경동인당'에서 일해요.
인삼과 약초 등 여러 가지 약재를 파는 곳이에요.

15

핑핑의 학교는 베이하이 공원 바로 옆에 있어요.
아침마다 핑핑의 엄마가 자전거로 핑핑을 학교까지 데려다 주어요.
베이징은 언제나 교통이 혼잡하기 때문에
자전거를 타면 더 빨리 학교에 갈 수 있어요.

17

"안녕하세요, 선생님!"
모두 함께 큰 소리로 인사해요.
핑핑이 좋아하는 중국어 시간이에요.
과목마다 선생님이 다른데, 핑핑은 중국어 선생님을 제일 좋아해요.
중국어 선생님은 언제나 밝게 웃고, 친절해요.

핑핑은 점심시간을 무척 기다려요.
친구들과 함께 축구를 할 수 있으니까요.
학교에서 모든 학생은 운동복이나 교복을 입어야 해요.

21

토요일이 되면 핑핑은 영어와 피아노
그리고 쿵후를 배워요.
쿵후는 중국의 전통 무술이에요.
핑핑은 도복을 입고, 선생님이 하는 대로
동작을 멋지게 따라 해요.

22

23

24

핑핑의 할아버지가 저녁 식사를 준비해요.
예전에 할아버지는 커다란 식당의 요리사였어요.
그래서 요리를 아주 잘해요.
핑핑은 할아버지가 한 요리 가운데
닭고기를 볶은 궁바오지딩과 돼지고기를 볶아
간장에 익힌 홍사오러우를 가장 좋아해요.

휴일이 되면 핑핑은 공원에 가서 연날리기를 해요.
용머리 모양의 연이 보이나요?
핑핑의 연이에요.
때때로 핑핑은 아빠의 택시를 타고 여행을 가기도 해요.
지난봄에는 만리장성을 다녀왔어요.
　베이징을 벗어나 시골로 가면
　　맑은 공기를 마실 수 있어 무척 좋아요.

27

여름이 되면 핑핑은 외갓집이 있는 쓰촨성으로 놀러 가요.
쓰촨성은 중국의 남서쪽에 있어요.
외할아버지와 외할머니는 산으로 둘러 싸인 예쁜 마을에서 살고 있어요.
여름 내내 핑핑은 외사촌 리안과 함께
강으로 나가 물놀이를 하며 즐겁게 보내요.

한 해의 마지막 날, 새해맞이 축제가 열려요.
핑핑의 아빠는 빨간색 종이를 잘라 창문을 꾸몄어요.
중국에서는 빨간색을 행운의 색으로 여기지요.
자정이 되자, 요란한 폭죽 소리가 여기저기 울리고,
화려한 불꽃놀이가 시작되어요.
정말 아름다워요!

30

이제 베이징 구경은 끝났어요.
펑펑이 사는 베이징에 꼭 놀러 오세요!
짜이 찌엔! (안녕!)

32

베이징의 멋진 볼거리

Beijing

📍 자금성

자금성은 명나라와 청나라의 황제가 살던 곳이에요.
지붕은 황제의 색깔인 노란색으로 칠해져 있어요.
세계에서 가장 규모가 큰 궁전이에요.
유네스코에서 지정한 세계 문화유산이에요.

📍 천안문

'천상의 평화의 문'이라는 뜻을 지녔어요.
자금성으로 들어가는 문 가운데 하나예요.
문 앞에 '천안문 광장'이라 불리는 거대한 광장이 있어요.

이화원

황실의 여름 별궁으로 쓰이던 곳으로
유네스코 세계 문화유산으로 지정되었어요.
이화원의 쿤밍 호수는 사람이 만든 호수라
믿기 어려울 정도로 엄청나게 커요.

스차하이

'10개의 사찰이 있는 호수'란 뜻을 지니고 있어요.
호수 주변에는 중국 전통의 모습을 지닌
가게와 집들이 많이 있어요.

중국의 멋진 볼거리

만리장성

진나라 시황제가 북방의 유목민들의 침입을 막기 위해 처음 세웠어요. 동서로 길게 이어진 성벽의 길이는 6000km가 넘어요. 중국의 상징처럼 여겨지는 문화유산이에요. 유네스코에서 지정한 세계 문화유산이에요.

진시황릉

산시성에 있는 중국을 최초로 통일한 진나라 시황제의 거대한 무덤이에요. 군사와 말을 흙으로 빚어 만든 실제 크기의 인형이 발견되었어요. 유네스코에서 지정한 세계 문화유산이에요.

윈난 석림

중국 윈난성에 있어요.
어마어마한 크기의 돌기둥과
봉우리들이 숲을 이루고 있어요.
사자 모양, 연꽃 모양 등
여러 가지 진기한 바위들을 볼 수
있어요. 유네스코에서 지정한
세계 자연 유산이에요.

윈강 석굴

중국에서 가장 큰 석굴로 산시성에 있어요. 선비족이 국가의
안위를 위해 바위산에 석굴을 만들고 불상을 모셔 두었어요.
유네스코에서 지정한 세계 문화유산이에요.

중국의 국기

중국의 국기는 '오성홍기'라고 불러요.
빨간색은 혁명을, 노란색은 광명과 황인종을
나타내어요. 또한 큰 노란색 별은
중국 공산당을, 작은 별은 국민을
나타내어요.

신장웨이우얼 자치구

칭하

시짱 자치구(티베트)

정식 명칭 중화인민공화국

위치 아시아 동부

면적 약 959만 7천㎢ (한반도의 44배)

수도 베이징

인구 약 14억 2517만 명 (2024년 기준)

언어 중국어